Cinematografia

Cinematografia

Paulo Lopes Lourenço

Ateliê Editorial

Copyright © 2018 Paulo Lopes Lourenço
Copyright © 2018 Fernando Lemos (ilustrações)

Direitos reservados e protegidos pela Lei 9.610 de 19 de fevereiro de 1998.
É proibida a reprodução total ou parcial sem autorização, por escrito, da editora.

Dados Internacionais de Catalogação na Publicação (CIP)
(Câmara Brasileira do Livro, SP, Brasil)

Lourenço, Paulo Lopes
    Cinematografia / Paulo Lopes Lourenço; ilustrações Fernando Lemos.
– Cotia, SP: Ateliê Editorial, 2018.

    ISBN 978-85-7480-808-6

    1. Poesia I. Lourenço, Paulo Lopes. II. Lemos, Fernando. III. Título.

18-18653   CDD 869.1

Índices para catálogo sistemático:
1. Poesia: Literatura   869.1

Iolanda Rodrigues Biode – Bibliotecária – CRB-8/10014

Direitos reservados à

ATELIÊ EDITORIAL
Estrada da Aldeia de Carapicuíba, 897
06709-300 – Granja Viana – Cotia – SP
Tels.: (11) 4612-9666 | 4702-5915
www.atelie.com.br | contato@atelie.com.br
facebook.com.br/atelieeditorial | blog.atelie.com.br

Printed in Brazil 2018
Foi feito o depósito legal

*Para a Soledade e o Francisco,
o meu tributo a São Paulo
que os fez seus filhos
também.*

Sumário

Prefácio – Manuel da Costa Pinto 13

Cinematografia

Guião 19
Amoras 20
Crianças 21
Ainda se pode escrever sobre o tempo? 22
Elementos 23
Morada 24
Ferido de morte 25
Onde deixei os cigarros? 26
Mel 27
Chuva 28
Tremores da terra 29
Ao largo 30
Cintura 31
A canção que acabou 32
Motel melancólico 34
Escotilha 35
Passagem de nível 36

Coleção permanente 38
Noite é sereia no coração da noite 39
Fidelidade 40
São Paulo 41
Filho 42
Plano de voo 43
Bola de efeito curvado 44
Ainda sobre a noite passada 45
Chiaroscuro 46
Leite 48
Diamante 49
Dois mundos 50
Jogo de soma zero 51
Últimos desejos 52
Amor salteador 53
Sobre o seu cabelo 54
Epistolar 55
Bolsa de valores 56
Elegia 57
Logro 58
Tanto luar 59
Ónus da Prova 60
Comoção 61
Um calafrio instante 62
Sorte 63
Ornamento 64
Flores 65
Mimi não está bem 66
Assalto em três atos 68
Casa 69
A praia adormecida 70

Prova cega 71
Um sonho branco 73
A saque. 75
Noite dentro 76
A importância das tarefas diárias. 77
Traição 78
Fórceps. 80
Ironia 81
Primeiros dias velhos. 82
Novo testamento. 84
Diário de Bordo 85
Indulgência plenária 87
Canção do retorno 88
Por favor não incomodar. 89
Alea jacta est 91
O volume é o truque 92
Matéria de facto 94
Areia. 95
Havana Vieja 96
Jardim de inverno em São Petersburgo 97
Certa noite diante das trevas. 98
Dias de cedro. 99
Um cisne na chuva 100
Levantar ferro 101
Jogging 102
Vingança 103
Noite e dia 104
Coroa de glória 105
Humphrey Bogart. 106
Tormentos de Fausto 107
Tudo se abateu esta tarde. 108

Os deambulantes 110
Coração sossegado 111
Mil pés 112
Interrogatório 113
E agora? 114
A luz vai-se apagar 115
A luz que apagou 116
Camilo forçou a porta 117
Sursum corda 120
Cálcio 122
As pedras são para ficar no chão 123

Sobre o autor 125
Agradecimentos 127

Prefácio

O que há de cinematográfico em *Cinematografia*? É o que pode se perguntar o leitor deste terceiro livro de Paulo Lopes Lourenço – o primeiro publicado no Brasil e, em boa parte, escrito durante os anos em que morou em São Paulo, como Cônsul Geral de Portugal. Aqui e ali, em diferentes conjuntos de versos, encontramos ressonâncias da sétima arte, que podem ser diretas – como no poema "Humphrey Bogart" – ou explicitar os processos de montagem imagética que percorrem todo o livro – como no arremate de "A Canção que Acabou".

E há, claro, o "Guião" de abertura, a nos propor um roteiro para esse desfile de memórias e meditações que conduz dos poemas mais evocativos da primeira metade até aqueles, já do meio para o fim, nos quais percebemos pequenas narrativas que reverberam e ampliam a vigorosa tradição portuguesa do poema em prosa, mesmo que a estruturação em versos jamais se dissolva completamente.

As aproximações cinematográficas sugeridas pelo título, todavia, vão ficando mais claras conforme a geografia precisa dos espaços se conjuga a uma reflexão – entre espantada e irônica – sobre aquilo que se oferece ao olhar de maneira inusitada, no instante mesmo em que sucumbe ao fluxo do tempo.

Paisagens, ruas, casas, interiores, móveis e utensílios imantados de lembranças são, mais do que "correlato objetivo" (o procedimento fundamental da poesia moderna identificado por Eliot), coordenadas espaciais: como no cinema – entendido aqui como arte de esculpir o tempo –, colocam os seres *em situação*, transformando-os porém em aparição destinada a logo desaparecer, a irmanar-se às coisas.

Nos poemas de Paulo Lopes Lourenço, por exemplo, uma mulher quase nunca é entidade longínqua, projeção da memória ou abstração lírica do sentimento: concreta, ela se despe e dança num "quarto azul cobalto de cetim", como no poema "Motel Melancólico", em que o movimento se anula num "deleite de nada"; a mulher existe *através* da ação e do corpo, que no entanto se fundem num desejo estagnado, numa negação do movimento prenunciado (ou determinado) pela própria circunstância de sua emergência nesse ambiente enlanguescido.

Da mesma maneira, a figura feminina de "Mil Pés" – evocação algo fetichista da passante baudelairiana – é percebida pelo volteio metonímico de seus passos que percorrem a viela e dobram a esquina, assim como a mulher de cabelos em desalinho do poema "Novo Testamento" tem seu retrato sublime interrompido pelo tumulto da rua: "Basta uma pequena distração para matar um artista", remata o poeta com derrisão talvez também colhida na destruição da aura do artista promovida por Baudelaire. São, enfim, cenas ou lampejos de cenas que criam personagens para encerrá-las numa ação sumária, que as definem por uma breve, pregnante, aparição fantasmática – e por aí, mais uma vez, cinematográfica.

Ao longo de *Cinematografia*, situações mundanas e cotidianas – como viagens, reuniões familiares, visitas a uma casa do passado, jantares solenes ou a conversa ouvida na mesa ao lado num restaurante – são ocasiões para uma meditação cujo tom suntuoso é constantemente rebaixado por versos que se insinuam entre ou ao final das estrofes para inocular nos poemas um contraveneno retórico: "Podia ser pior", "Nada demais, até aqui", "Ou algo assim".

Tais expressões, de gaiata informalidade, vão progressivamente injetando humor autoirônico no livro, apontam para insuficiências da linguagem poética em si e para o gesto de trazer aquilo que é elevado para o chão da experiência cotidiana, com suas perplexidades, dúvidas, hesitações. E, de par com a ironia – que, segundo o próprio poeta, "consola mais do que faz rir" –, percebe-se um progressivo adensamento da matéria lírica, que parte de uma versificação mais estruturada e concisa (sem prejuízo da visão cosmológica escondida, por exemplo, na cena aparentemente pueril de "Crianças") para uma expansão formal que culmina, ao final, em poemas narrativos como o belíssimo "Diário de Bordo". Neste, o tema da aventura marítima, tão presente na mitologia lusitana, é revisto criticamente como adiamento perpétuo:

> Ainda sobre o tema da partida, talvez valesse a pena reconhecer
> que a insistência nele omite o mais temerário tema da chegada
> – esse sim, de onde não resta escapatória.
> A partida é a cobardia dos poetas, o seu irreconciliável círculo
> virtuoso, de onde se fazem promessas que se cumprem
> por meio de novas promessas.

Por sua aproximação formal aos poemas em prosa (dos quais podemos desentranhar aforismos: "O vício é a escolha da poesia antes dela ser poesia"), do microconto ("Camilo Forçou a Porta") ou até mesmo do ensaio (caso de "As Pedras São para Ficar no Chão", encerrando o livro), os textos da segunda metade de *Cinematografia* relativizam as referências à poética cinematográfica

– que em nenhum momento, de todo modo, esteve ali para impor uma ordem demasiado rígida.

Foi o ensaísta Siegfried Kracauer quem definiu o cinema como "redenção da realidade física", no sentido de que "filmes tornam visível o que nós não víamos, ou talvez até o que não pudéssemos ver, antes de seu advento. Eles de fato nos ajudam na descoberta do mundo material, com suas correspondências psicológicas. Nós literalmente redimimos esse mundo de seu estado dormente, de seu estado de inexistência virtual, ao nos empenharmos em experimentá-lo através da câmera".

Algo semelhante ocorre com o olho-câmera dos poemas fortemente imagéticos de Paulo Lopes Lourenço: ao estabelecer surpreendentes contiguidades e analogias entre espaços, seres e coisas, eles iluminam aquilo que ficara oculto no fluxo da percepção, criando uma nova superfície sensível para experiência, numa "vitória pírrica sobre a natureza morta".

MANUEL DA COSTA PINTO

Cinematografia

Guião

Saberás talvez mais do que eu gostaria de admitir, perante aqueles que aqui se debruçam numa varanda que parece um corredor. Podia ser Pamplona ou Borba na Páscoa, mas apenas tem rosto e condição de manifesto. Talvez impressione a inexpressividade branca, branda, quase atroz com que me vês deambular entre pessoas a quem chamamos – ó, petulância! – escombros.

Pouco tenho para dizer e assim já seria antes de começarmos as filmagens. Um desapontamento que, de tão inesperado, parecesse devido.

Pobre de espírito, então, que seja, na ingrata promessa de homens de boa vontade. Se ao menos um número primo pudesse esta declamação concitar, mas nada se assemelha ainda a uma fórmula final, a um desejo absoluto, a um nada redondo. Nada ainda é nada.

E se assim é, junto-me à assistência vagarosa do varandim para ver os carros alegóricos desfilarem o que creio ser uma parte dos meus sonhos entrevados.

Espero que chegue para sobreviver a esta primavera que entrou em prolongamento.

Amoras

As amoras caem
como amoras maduras caem
na água morta da piscina.
E os pássaros atónitos as vêm recolher
numa misericórdia rara.

Mas o tempo, esse, passa do lado de fora dos muros
na figura de um peregrino esquecido.

Talvez os passos sejam o tempo caramelizado,
o açúcar debruado na linha dos dias, numa linha oculta
da falésia donde se avista o oceano das águas povoadas
por aves subterrâneas.

Nessa possibilidade nos encantamos,
distraídos pelo riso.

CRIANÇAS

Esta criança que arrisca a meus pés
os sonhos que ainda não teve,
de que física vive?

Da inércia, do atrito, do espasmo?
Ou de outra condição mais secreta que
o tempo desvendará?

Há música no movimento repetitivo
algarismos em vez de frases,
átomos no lugar de compostos,

A criança é a redução da matéria,
o fumo do primeiro fogo extinto,
a estrela antes de ser luz,
criação em vez de criador.

A partida que Deus criou a si próprio.

E que aqui brinca, aos meus pés, como uma concha
na ondulação mansa do fim da maré.

Ainda se pode escrever sobre o tempo?

Uma hora que dobra no vértice mais fino do tempo,
Muda o tempo que sobra para sumir lá dentro.
O escuro é o firmamento. O frio o vento. Tudo parece
mudar de repente.
Como um corpo traído por uma bala disparada da
linha da frente,
um segundo roubado, mas perpétuo
na evocação de silêncios.

Elementos

Dois cones de fumo entrelaçados
partem de uma mesma perfuração,
o minério que os faz arder a faz encher-se
em cada sismo,

duas labaredas fundas onde
o mundo se abriu no seu ocaso,
o futuro do fogo posto
pela mão de uma criança cega e inocente.

Descansa agora, na pedra ainda quente.

Morada

Voltei a escrever para ti
agora que me esqueceste
no intuito de regressar
à esperança que aí me levou,

onde já não moras.

Ferido de morte

cambaleando da dor
ou embriagado pelo anúncio de uma promessa
quente, esvaído, palpitante, vermelho e espesso mesmo?

A natureza segreda o que lhe falta saber.

Onde deixei os cigarros?

Há tanto tempo que não escrevo poemas.
Há uma vindima séria no acontecimento
brusco, suave, novidade
que se não fosse a penitência
lembraria,

nos olhos molhados,
para os olhos molhados,

que nunca houve no lugar deste velho tributo
outra coisa que o descer de uma falésia
à procura do mar.

E agora no banco, balouçando e gemendo,
ouve-se o tiritar de corvos que nos enganam com choros
mascarados de risos.

Onde deixei os cigarros?

MEL

Fala-se de rumores e de gemidos
Sussurros, sílabas, gramática granulada de silvos,
Ferida restaurada pela cobertura de gaze
– ou seria de mel?

Da narrativa e do seu nexo, seio profundo e resguardado,
as letras são sinceras e emocionadas
interpelações à sorte

Sorte dos números ou mera textura.

Chuva

Se chove muito na praia que é batente da casa
E as pegadas se esvaem como fósforos apagados
E a música que se ouve são ventos mareados,
Sentemo-nos no baloiço branco a contar histórias
que podem ou não ser verdade.
Tudo se extingue no lusco-fusco, tudo.
Até a noite.

Tremores da terra

Noutro jardim, no mesmo banco sob a neblina de leite,
um homem sentado busca a imobilidade.
Sem frio, suor ou qualquer veleidade de pele,
outras folhas se agitam nas árvores musicais.

Mudar o mundo inteiro podia ser,
mas o mesmo tormento mudo impende.

Custe o que custar, aceita a derrota como um pássaro.

E a vitória como uma rendição.

Ao largo

para G.

Acorda coração, levanta-te ao largo.
Acorda o sangue, tua única justiça.
Eleva a cabeça ao cimo da água,
O sol, a areia, as mãos amarradas
atrás do pescoço ou
numa toalha molhada.

Por que lutar contra a ravina,
ou purgar o estômago,
ou fugir do assombro,
Se os teus olhos são tão claros?

Não ardas, coração,
crepita.

Cintura

A varanda mais estreita esconde
A saia mais perfeita,
A cintura estreita,
que daqui não aproveita
aos sonhos que forjamos.

A canção que acabou

A canção já tinha acabado
Mas eu continuava a escutá-la
Como a estrela morta.

As cadeiras estavam vazias, menos a tua,
E uma garrafa de cerveja ainda girava no chão,
Pegaram-te na mão que estava fria
para te levarem a casa
onde a porta estava desnecessariamente aberta
Para o fantasma que entra poder sair.

I swear I'm halfway there (assim, murmurado).
E tudo o que existe vive debaixo deste colmo.
Os pombos continuam pendurados e constantes nos limoeiros
Devolvidos à terra trincada
De onde nunca deviam ter saído.
Pombos traem as suas asas.

O avião desceu sobre o vale vermelho como um pássaro
Ou como uma lembrança?

Era bom que este sono fosse para dormir
E não uma passagem noturna à arrecadação
onde esconderam a chave da sacada.
Pelo menos é ironia e a ironia consola mais do que faz rir.

E o pior: não me lembrar de ter escrito isto.

Ontem, o rato atravessou a sala, numa diagonal tão perfeita
que eu não quis estragar o momento. Nem a ironia seguinte.

Precisava então deste instante, da destreza na vez da vacuidade,
da palavra no lugar da sua violência.

Chamo por ti, em qualquer caso. Alguma coisa no teu nome,
pronunciado sem urgência,
ajuda a sentar o corpo. E a viver sem remorsos.

Por aqui, entre ramagens macias que se revolvem, caminha
um corpo vestido que foi alma. As romãs tornaram-se violetas,
as uvas vermelhas, o jacarandá incerto. O jardim continua vivo
no silêncio, dentro da palavra aturdida. Voltando pela vereda, bem
junto à parede, rostos de bichos em exposição, feridas saradas sem
fechar, a natureza dormente da natureza, o que te disse ao ouvido
numa tarde como esta, esquecer tudo sem fechar os olhos,
um olhar húmido da melancolia que não faz chorar. Sentar me aqui,
no canto murado, cercado de imagens convocadas pelo tédio, esse
supremo pretexto do prazer, esperar o beijo, a boca longa do beijo.

O fim do filme.

Motel melancólico

No quarto azul cobalto de cetim,
enquanto te despias para mim
o teu vestido dormia, dobrado na cama
como um velho pijama.

Dançavas a dança sem rir,
lábios, dedos, pés, joelhos,
pálidos, delgados, belos e tristes
em volta de si,

E eu olhava por ali, meio embaraçado
em busca da revolução,
na música ou no teu corpo encharcado,
Que fosse um sonho de Verão

Mas, e se o próprio desejo fosse estar ali
num deleite de nada, e a emoção emprestada,
no meio da rua ou na estrada,
tivesse chegado ao fim?

Escotilha

Por fim havia chuva e flores secas e janelas tristes,
Por fim rolava vida como uma esfera metálica no alcatrão,
E sons raros e perfeitos, atraiçoados pela água enrolada
E uma ave de luz branca e cinzenta que derramou as asas
sobre a rua
onde ainda morávamos.

Mas o que fazer com tanta vida furtiva onde antes havia um
canteiro de obras e uma praça de mármore vazia? Que destino dar
às cores impertinentes no sobrado julgado morto?
Uma vitória pírrica sobre a natureza morta.

Por fim falaste, do fundo da sala, e eras um fogo abrigado e difuso,
labareda de sintaxe curta, destinada a cobrir as léguas ou jardas
– a distância categórica que nasce conosco no instante
em que se desfaz,

desvendando e imediatamente encerrando a vista do jardim como
uma escotilha o faria, porque no início é assim:
No início morremos,
No início provamos estar vivos.

Enquanto as flores caem e se tornam belas outra vez.

Passagem de nível

Abre a porta, por favor, que o desconhecido merece entrar.
Fez tudo para evitar ser mais do que condição de passagem,
passageiro desaparecido, mistério, enredo, *fugato*.

A casa deve permanecer aberta a devoção honesta,
à verdade insofismável do assalto,
às variáveis brandas da extorsão.

O porteiro é o cúmplice perfeito para o reconhecimento da vida
que reverbera no escuro lá fora. E no aroma do café encontrará
a paz derradeira dos que se cruzam na passagem de nível.

Deixa os miúdos brincar no corredor das louças antigas e no
escritório do agente secreto, correr sem cuidado, abrir armários,
franquear a portinhola proibida e falar alto. O rumor das crianças
nos salvará.

Deixa as janelas abertas. Vendo bem, ainda há segredos
e devassas, pulsões ingénuas e privações dolosas.

Deixa o ar correr entre as divisões da casa, o frio que tem de
fazer, o calor que tem de estar, a corrente que deve passar mesmo
quando há luz ativa, e o ranger da teca, para quem nele se demore,
é a madeira que sempre foi, antepassada e cega, posta aqui para se
ouvir o alfinete que tomba com a mesma minúcia que os passos
de uma alma penada,
e no geral para esperar o que há de vir.

Abre a porta devagar, para a rajada servir outra história, e num
capricho do seu som soprado sobre os umbrais e portadas,
a melodia quase irreconhecível de uma canção de embalar.

Coleção permanente

Enquanto fizer sol, por trás da fachada antiga, o jardineiro rondará as copas através da sua sombra puída. Cotovias pardas, sabiás e limas, relva tintada de pétalas mortas, calças velhas acinzentadas, ciprestes imperiais em forma de tridente, plantados como estátuas de frio, uma lente partida, uma mão que podia ser um corpo, as estrelícias semeadas num caminhar de viés, recalcitrante, mas definitivo,

em suma: a dança solitária de uma velha e remota tribo.

Na fotografia tirada pela mulher uns dias antes ficaram os dedos que enterraram os braços e tudo o mais que tinha de desaparecer, desapareceu.

No final, um jardim, ou ainda a *certain kind of a kinder pain*, por não ser instalação, mas coleção permanente de rios que antes eram gotas de água

orvalho,

humidade,

lágrima.

Noite é sereia no coração da noite

Na curva derradeira a foz deixa a luz intacta, antes
desta ser levada mar adentro
e essa chuva de vésperas que podia ser salmo ou leite
põe-nos a chorar baixinho:
a oração sossegada das noites da primeira sagração.

Rumor aceso ao longe, trovão de murmúrios, navio sangrando,
o corpo, avisado da presença do teu, respira devagar
porque se quisesse ouvir.

Continua a cair água nos bancos de areia e no meio do escuro.
Uma silhueta de luz opaca põe um barco a falhar o molhe.

Chapéus de sol encrostados de sal espreitam os pescadores,
barcaças aprumadas à nortada sobem o rio como salmões,
cabos tensos, cordoarias de cor, o tempo correndo sem pressas,
aparelhado, arreado, visto da doca mirrada, o passeio marítimo
dos fantasmas por fazer e

uma beleza exangue se anuncia por entre os sonhos.

Fidelidade

Retorno ao desejo ínclito
semeado no meio da língua
volvido de si, recuperado da
sua inclinação fria para ser
– outra vez,
o mesmo grotesco animal
que acaricio devagar,
como aquele cão da fotografia
à frente da lareira –

e a mesma fidelidade.

São Paulo

São Paulo – de que ainda não sei dizer
o nome verdadeiro,

vive escondida numa rua apeada de gente

onde a luz não é precisa para as flores nascerem.

Filho

Sentado no chão em frente de uma parede
onde talvez sente um elefante que eu não vejo distintamente,
o meu filho espalha a sua teia de aranha de sons pelo quarto,
ocupando as divisões com pegadas no soalho velho que o recebe
como um gato sem dono.

Plano de voo

Ao visitar a superfície platinada da água,

(tons de vermelho, amarelo, cobre e ferrugem, o céu raiado numa poeira luminosa
granulada, sobre o preto-azeitona indelével que os olhos destreinados distinguem
ao fim da tarde, debaixo das copas espessas do jardim, cobrindo-o de escuro, mais escuro)

fecham os olhos outra vez, para convocar biografias, reais ou fabricadas.

Tudo se passando no mesmo lugar, sem intervalos ou batidas cardíacas, num ritmo inalterado, sem um único sobressalto,
em perfeita oclusão,
como manda a natureza, em especial a mais secreta.

Mergulho, ao largo, com plano de voo, a partir do mirante,
no rastro de estrelas, as que já morreram e as outras –
para concluir a queda,

desassombrada.

Bola de efeito curvado

Ponto de ordem:

Ainda que soletre as coisas que queres ouvir,
os tesouros permanecem guardados para garantir a graça,
a inviolabilidade de um acordo passado,
a suavidade que é também sombra e
mistura ligeira de sinais de vida.

A fotografia que repousa intacta,
sem suspeitas severas,
assinala um imperceptível jogo de rins,
antes da partida ser duramente disputada.

Ainda sobre a noite passada

Soez, parece.
Divina, reconhece.
Que quando no quarto amanhece
– a marca de água que é a luminosidade brusca das suas pernas

algo instante, um desenlace repentino
se transforma em prece
lançada ao vazio,
como boia em mar picado,
sem ocorrência de náufrago.

CHIAROSCURO

Os vidros escuros
– porque são olhos claros, mais verdes que o verde da relva,
concitam suspeitas de vidas exaltadas em romance
cujo desfecho já foi lido, sem ver sequer a capa
por espíritos amotinados contra um enredo trivial
que inadvertidamente os fizera vibrar.

E o carro em que deslizam,
refletido em manchas no alcatrão,
reverbera contido a gasolina queimada
pela mais elegante combustão.

(A máquina que faz, a máquina desfaz,
dedos ligados, como letras, à mão.)

Óperas venais, jantares ébrios, um cartão postal
descrevendo um braço de rio esquecido,
num verão menos triste,
um beijo fútil, imperioso, cobarde
só porque uma tarde
algo faltou.

E não era nada que se achasse
a mais ou a menos
que o corpo, pequeno e rancoroso, lastimando
não ter estado no dia da criação do mundo.

Conservou ainda assim aspirações galantes,
anunciadas como cantos complacentes
sob abóbadas mais tolerantes,
versando sobre a natureza incompreendida
do esforço redundante,

E no final da noite, quando a viagem se faz longa,
uma voz rouca e tênue ensaia nos lábios
o mote ingénuo dos refrões de *rock*,
que a poesia é como uma canção *pop* –
irredimível.

Enfim, a subestimada graça dos talentos inúteis.

Leite

Sempre é verdade?
Parou a chuva?

É que uma cascata ruía na janela
num tremendismo de relâmpagos,
uma razia supersónica na torre de marfim,
uma guerra declarada no coração do breu,
nos idos de outubro.

Mas voltei para conferir que ainda subsistia:
a mesma janela, por detrás da qual um olhar abismado
volvia ao seu interior obrigado, trágico, incompatível.

Água, e água só:

Como o leite esquecido numa chávena, pela manhã.

Diamante

Ah, o risco contínuo de
caminhar pelo lado certo da rua
numa tarde de tempestade,

quando uma antena erguida num pinheiro isolado
vira eletricidade em praia descoberta,
faíscas, correntes contrárias, veredas rasgadas por lanterna

apontamentos de pesquisa violeta para tirar o prumo
ao céu infinito que conspira, solitário, contra
as mais venais prevaricações do lugar,
sem as quais as ruas ficariam silenciosas e prostradas
diante do coreto de alegrias ditadas.

E alegria é rumor antes de ser vida
e escultura de arroubos antes de ser finalidade,

uma pedra que brilha, oculta no esconderijo mineral
dos dias que se esvaem.

Dois mundos

Solta um grito claro
Um pó de talco que suspenda
no contraste do escuro
um relance branco e afiado como um sabre.

Solta-o devagar. Fá-lo reverberar.

Um baixo, zurzido entre agudos frouxos,
malemolência e ecos circulares,
e retinires de granito,

o timbre certo que encontra
a tonalidade fria do desencontro,
entre a voz que rasga e a voz que vinga,
duas faíscas iguais, brilhantes, eternas.

Divergentes para sempre,
uma à procura da outra.

Jogo de soma zero

Como disse?

Que pode haver metal precioso debaixo dessa pedra.

Para simplificar, um minério fulminado.

Mas, depois de largar tudo na vida
para desconfiar de tudo na vida
investiguei a hipótese de uma descoberta.

Por momentos achei que tínhamos encontrado o sudário.
O elixir da juventude.
O Santo Graal numa caixa de madeira. A Arca da Aliança.
O código de cifra enterrado numa passagem do Apocalipse.
Cópia em bom estado de página rasgada do Velho Testamento.
A vacina para o cancro. Milagres prontos.

Tarde demais. Era fogo fátuo. A febre do ouro.

É isso porventura o que faz a palavra *dissonante* no meio
de convenção de versos:
abrir caminho para um tornado que passeia sem que a folhagem
se agite?

Últimos desejos

Poucas explicações:

Cada ato de misericórdia anuncia um desejo devastador
Que por sua vez precede uma virtude apaziguadora tão
espontânea que,
como o animal que sucumbe ao predador,
se canoniza sem direito a remissão.

Apenas um silêncio longo, farto, aberto, a que chamam
fim dos dias.

Retorno ao ponto mais cimeiro do monte para olhar a planície
onde estivemos antes,
deitados sob o crepúsculo vermelho dum deserto quebradiço.

Poderia ser esta uma observação deleitada
ou uma abertura de xadrez,
que o calor continuaria a abater-se.

Pode ser que o corpo encareça o corpo.

Amor salteador

Que vingança suprema e misteriosa é a recompensa de um amor qualquer.

As águas da corrente do rio são cristalinas, mas ficam escuras quando se detêm.

Se o amor não muda, porém, por que exige aos amantes que o façam?

Que soberba e fascista é a paz que propõe – um armistício fadado.

O amor é ao planalto dos guerreiros prostrados que o general conta antes de escrever as suas memórias.

Não há derrota na celebração do fim e talvez tudo se perca se embainharmos as armas.
E até a madressilva retornará depois de a pisarem.

Que amor me deves? Que amor te devo?

Que levarei comigo quando nos encontrarmos por fim, se a noite cair em cima de nós como um salteador?

Sobre o seu cabelo

No longo dealbar das noites
fugindo de beijos que seriam açoites,
o teu cabelo ensaia a contraluz
um desenho nebuloso que podia ser
um estandarte puído.

Comovidos, os ramos dos cedros descarnaram
um vendaval prematuro de tintas escarlate,
pétalas velhas de uma flor que já imitou luares,
cantigas inocentes de amantes desencontrados,
como intempéries chamando pelo verão nos trópicos.

Sobre o seu cabelo, então, escreveremos,
O que ficou por dizer sobre os dias restantes.

Epistolar

Escrevo-te de quarto remoto, no hotel onde ficámos
quando pela primeira vez ignorámos o fim de cada prece.

É jovem esta disposição testamentária,
pálida e parcimoniosa,
macerada por sombreados e vestígios de tinta,
para sinalizar quem se atreve nas linhas da frente, mas

em primeiro lugar, a segurança.

Creio que escrevo, porque duvido tanto das palavras
que então usávamos para descrever o que seriam
– vá, sentimentos.

Mas coragem, o risco é de uma pena maior.
Se for este documento desplante de uma imagem triste
que não assume a legítima defesa que lhe foi conferida
graciosamente pelo despeito
não do bem fundado do desamor
mas da furiosa esperança que, ao que parece,
sobrevive ao apocalipse.

Bolsa de valores

O valor da moeda desce e sobe para
que possamos julgar em que parte nos encontramos
sem que nos impasses se verifique evasão ou fuga.

Serve como referência de troca no lugar e
no espaço em que as mãos se permitem mover
demover, distender ou contrair.

Esta é a bolsa de todas as ações
onde o tempo é aforrado para não desvalorizar
ou cair em desuso,

Ou habitar manietado para prolongar ilusão
de que está vivo e impenetrável
na couraça de um lingote de ouro.

Que metal precioso e raro é a memória,
para enfim investir o que foi verdade ou especulação.

Elegia

Escuta em devassa
a mesa do lado
antes que alguém leve de vez consigo
o pó refinado, dourado, cintilante do ar
que rarefez uma dessas histórias felizes.

Lembra-te no íntimo do conto moral
em que os namorados te consentiram entrar,
honra os momentos insanos em que
o acaso te deixou fazer de conta
que havia jade e esmeraldas na trilha do garimpo,
na cidade de gente mutilada por fantasias sem retorno.

Faz justiça ao amor mesmo quando o amor se não permite
fazer a justiça de realizar o que prometeu,
porque ele resiste mais sozinho que acompanhado
pela ideia que tens dele.

Dormente, ingrato, volúvel, grotesco, fugidio, voluntarioso,
ma non troppo.

Logro

Plenitude trouxe consigo viajante, um verdugo
que não me lembro de ter convidado
para uma festa que fui forçado a dar
quando os primeiros vizinhos se instalaram.

Uma música soltou-se da armação de ferro
em que, por instantes, celebrantes e acólitos se veneravam,
caindo em cima de todos como uma neblina de vapor quente
desenrolado na repetição grave, troante, oca,
de um baixo sem alma.

Chegaram como se tivessem acabado de fugir das trincheiras
os olhos belos e trágicos, os cabelos desalinhados de suor,
mãos nervosas, escondidas nos bolsos,
uma desolação que era toda ela beleza
no seu estado mais desossado e puro, e por fim
uma garrafa de vinho: a senha de acesso.

Agora, as suas frases ostensivas mas ininteligíveis,
como códigos de barras
ocultavam um desejo surpreendido de voltar para dentro
de qualquer coisa que lhes fora afiançada,
uma terra prometida.

Numa dança só se juntaram todos,
num amplexo que só a esperança,
mesmo quando nasce morta,
logra.

Tanto luar

Tanto amor
Tanta estupefata agitação
Tanto movimento arredondado
Para definir o que não tem nome,
Tanta prestidigitação

Tanto luar mentolado,
que o céu ficou azul e claro outra vez
antes que pudesses ouvir de novo
As mesmas explicações.

Para que serve afinal um poema?

Para que servimos?

A quem servimos.

Ónus da Prova

e depois há uma cegueira súbita que nasce
no interior da própria luz,
sem uma cadência ou gestação que impere
sobre o seu confuso aparecimento.

uma luz forte que castiga a retina, sem que a anunciassem
vaticínios ou aparições,
poderia talvez ser mais do que estranhamento,
quem sabe, alocução bíblica
em tempo de descrenças indolentes,

mas perdura um espetro sombrio no recanto da pupila,
uma perturbação que não sendo ainda acontecimento,
já não é fogacho.

Houve nações que vingaram por menos.

Poderia haver neste primeiro registo de bordo a silhueta
pressentida de uma costa continental?

Se luz é fogo, não seria antes a incandescência
uma armadilha da solidão,
uma inclinação insensata?

Pode o geógrafo ignorar qualquer sinal, sem prova em contrário?

Comoção

Voltando ao tema que foi mote de coração
em colóquios vis para adestrar as palavras, talvez pobres
em qualquer caso *dressage* que as circunstâncias imporão;

Propõem-nos agora romance policial
adornos de ficção para colorir uma flor descarnada
Ossos, restos de cinzas, terra queimada, uma pétala escura
o guião escondido numa produção menos conseguida.

A eminência parda rejeitou a trama porque acusava
a hesitação de ser moderno.

Centenas de expressões, em qualquer caso monólogos
que buscam produzir efeito pela aceleração das suas partículas,
toda a sua estudada dignidade, afinal herdada de um mundo
privilegiado e oculto
onde se erguem fogueiras de solidão para habitar o tempo antes
deste se tornar espaço.

Resta o fumo espesso e adamado do charuto largado no cinzeiro,
vestindo os corredores num vestido transparente
passeando em câmara lenta,

para ocupar os pensamentos que não aspiram a mais do que
a lânguida vituperação.

E que felicidade outra?

Um calafrio instante

Aponta-me o Norte, por favor.

Nesta sala, onde faz o escuro mais escuro,
que não tolerou frestas, nem arestas,
nem sequer uma névoa de azul-escuro,
procuro um cheiro ao menos,
o pressentimento de uma áurea anterior,
uma descoloração, um espectro, um logro em forma de fantasia
um calafrio instante e fugidio,

A forma curvada e opaca de uma recordação deixada por acaso,
invadindo o oásis como um nevoeiro de cais submersos
mas ainda assim habitação e paz,
e possivelmente colonato almorávida.

Já agora:

Enquanto o muezim cantava, o sol talvez cravasse
sombras nas portas,
mas tudo isso seria fora do compartimento.

Há uma guerra tonitruante lá fora, mas aqui só se ouvem
silêncios.

Sorte

Gravada a madrepérola, numa pulseira fina, estava a tua sorte.
Amarrotado em papel num bolinho chinês, um compromisso
de destino cumprido.

Estampado em letra de máquina, num vaso com manjerico,
uma novela mexicana, a ópera dos gritos aplacados.

Mas, um diante do outro, sob a luz intermitente
de um candeeiro nova-iorquino,
um abandono severo enchera todo o espaço livre – libertando-nos
das investigações sobre o futuro.

Que felizes fomos e até sabíamos.

ORNAMENTO

Magoa saber que no final deste exuberante romance,
a parábola inacabada da minha impaciência
não mexeu com o romancista,
por quem nutro em todo o caso amizade sincera,

Afinal, devo-lhe o benefício da dúvida: ele pode bem ter
concluído que mais aqui se não merecia.

E que essa meia história não contada faz parte do livro
e o deixa respirar sozinho.

Nessa persuasão morrerei. Em resignada alegria.

Como o ângulo oculto de um altar.

Flores

Traz para o pé de mim esse ramo de rosas frescas,
dias novos virão.

O currículo amoroso que resistiu a comédia e enganos
reaparece inesperadamente, numa visão datada
sobre o que podíamos ter feito juntos,

cabalística ou calculada, enfeita as noites
à frente do televisor, cada vez maior
porque o cinema subsiste incólume à perseguição movida
pelas notícias do mundo

E por que não?

Velhos, amadurecidos ou derrotados,
contemplamos as rosas,
a sua cor fixada,
o seu perfume sem tempo,
a velhaca insinuação dos amores imaginados
que perfaz uma antiguidade sem fim,
instalada num vaso de jardim com estátuas que já foram
canções de ternura, comiseração, gratuidade, devaneio.

Sempre é sempre, não é? Mesmo depois de partires.

Ninguém está a salvo de ninguém.

Dias novos virão.

Mimi não está bem

Passos arrastados, fronte esmaecida, olha furtiva
para as frieiras esgueiradas nos dedos.

Pode o amor ser tão impaciente que cave valas nos olhos?

A paixão de opereta
sagrada numas águas-furtadas
pode ainda fazer um dia nascer a seguir ao outro
riscando números num calendário chinês.

Carne que é carne
sangue que é sangue,
todos convocados para ouvir
a ária mais bela
a tragédia risonha,
o grito bisonho do libreto:
– Uma mulher surpreendida pela locomotiva
que a deixou no cais.

Que explicação encontrarás para a consolar?

Que razão misteriosa oferecerás para a manter acordada?

Esquece as horas, esquece as juras, Mimi.
A dor que sentes habitará sozinha
a sobrevida alugada à infância dos outros,

e ouve a música tocada,
a única que lamenta a tua partida.

E os aplausos antes da plateia ficar vazia.

Assalto em três atos

Antes de qualquer sonho tomar de assalto
o que tinha para confessar
esmera o tempo de espera, o enlevo passivo que se resguarda
como um moribundo junto a promessas e desfeitas.

Continuamos verdes, vestidos de linho adolescente,
sem medir as palavras.
Somos neste preciso segundo donos do mundo,
A última criação de uma manhã surgida de soslaio.

Que juramento poderia substituir a ternura?
Que pergunta, enterrada na dúvida, poderia repreender-nos?

Que a palavra-passe, Mimi, está naquele último suspiro.

O além fica aquém do que não chegámos a ter.

Ainda me ouves? Ainda?

Cheira a lavanda no alpendre. Vem, vamos descer a ladeira juntos.

Casa

Animado por uma frase generosa, foste enfim procurar
um lugar entre as árvores, onde uma cadeira acolchoada
prometia direitos plenos de propriedade.
E foste determinado, sem reservas ou segundas intenções
Resoluto, definitivo, sério até.

E encontraste-la. E quiseste morar nela, sem ambiguidade.
O instinto – ou algo parecido com isso – te assaltou com
paraísos juramentados, um umbral que engolia tudo, tudo
até tudo ser um mar aberto

E sentaste, como um cão diante da fogueira
E nem foi preciso abrir um livro
para ler os salmos que ocupavam todos os cantos do cérebro.

O teu corpo, que pela primeira vez enfim te pertenceu,
ali ficou para sempre enquanto esperavas que a noite caísse tão
devagar
que não fosse preciso regressar
a casa.

A praia adormecida

Tanto tempo, tanto.
Tanta pressa, tanta.
Tão prestes e tão rápido que

Tudo passa, tudo.
Que até o vento deixa de ser vento
As ondas deixam de ser ondas
e uma geada morredoura irrompe para
acometer a praia em que nos deitámos,
como toalhas largadas.

E o teu sonho, lembras-te? O teu sonho
era ocioso e sombrio como um oceano
vagando em câmara lenta, em busca de enseada
bela e adormecida.

Adormeci tantas vezes encostado à tua cabeça,
que me esqueci do teu rosto.

Agora tudo é vagar que de tanto vagar
virou uma fúria solene,
um sono aberto em forma de planície,
em que a claridade assalta os pensamentos
encerrados na maior colónia penal de que há registo.

Podia ser pior.

Prova cega

She's under the palm trees,

(como se fosse um projeto, uma missão de estudo a Marte,
turismo científico mascarado de curiosidade amorosa,
e não o contrário, como todos supunham).

Tirando apontamentos sobre a espuma nos pés,
enquanto enrola os dedos de nós de ouro branco sulfuroso,
ela relê as notas e hesita,
seria uma prova cega se o sal fosse taninho
e os minerais nariz,

Mas ainda assim endireita as costas da espreguiçadeira
por razões de compostura, mas pressentindo algo pior:
que o mar elude um espírito talvez romântico –
facto que ali mesmo anota como ocorrência ou experimentação,

E podia agora mesmo pintar as unhas de violeta
que seria o mesmo
sentir, desirmanado e acobreado,
sumariamente despromovido a nota de rodapé.

E, contudo, no mesmo olhar se adensa um desejo progressivo
de vencimento, idêntico à volúpia encadernada
de uma carta antiga,
redescoberta, sem querer, numa tarde de chuva.

Nada que a distraia, porém, dos últimos ensaios clínicos,
nem da matéria-prima da monografia.

Ali, ao entardecer, quando o sol derramar a sua luz sanguínea,
ela cerrará os olhos do cansaço e cruzará as mãos sobre o bloco,
sem um sinal de tristeza, e a caneta caindo na areia
parecerá que ali se concluiu uma biografia de gestos irrepetíveis.

Mas, sobre que escreverá, ela, quando tiver enfim de sonhar?

Um sonho branco

Vem passear no meu barco
artilhar os remos e as cantigas
ouvir os patos selvagens
pela folhagem despedaçada da lagoa
que é mais pequena conosco dentro,

Vem fingir que a cidade acabou
que a música funcionou
e o desejo terminou
num piquenique de sombras.

Vem a correr pela encosta acima
por entre malmequeres irónicos
que o sol vai alto (tão alto que nada podemos fazer)
que a luz toda não chega para clarear
a mina de água em que antigamente caíamos
às vezes sem querer,

Vem sentar-te nesta pedra ainda fria da madrugada
retomar as histórias contadas por quem nos precedeu
com os olhos fechados de quem só quer ouvir
o rumor frívolo e sagrado da corrente que desliza
alguns metros abaixo, como se tudo fosse

– e para que tudo fosse –

Um rio.

Vou dormir mais cedo
que a cama espera por um corpo.

A saque

Pode ser uma explosão distante uma estrela presa
na sua luz já morta?
Olho para o céu todos os dias à mesma hora
para saber de astronomia.
Mesmo sem telescópios, nada ainda nos está vedado.
Quantas vezes nasceu a ciência de instinto ou de uma revelação?

Quero a minha parte do saque nos céus,
olho por olho, dente por dente.
Quero sentar-me neste ermo com a consciência de nada
e uma cigarrilha mastigada,
Admirar o firmamento por fim, porque me acabou o talento
para dizer que não
– quando podia dizer que sim.

Confesso trapaceiro, está na altura de me render
ao tamanho destinado
no conjunto das coisas criadas e perder o tempo
necessário e conveniente
para contemplá-las, como uma obra de arte restituída ao seu
museu afetado e pobre.

Noite dentro

Justapostas e felinas, as palmas das mãos
escolheram o meu rosto para fenecer.
Silêncio, disse ela. Alguém se aproxima.
Sim, o final do dia.
Que pena não ter dado em poesia.
Que pena, repetiu ela.
E os dois se deslaçaram e seguiram o seu caminho.
E o sol se pôs, sem pruridos, enquanto as costas das mãos se
tocavam num bailado pendular e um chorinho,
originado numa viola oculta,
dedilhava, ao cair do pano,
a capitulação.

A IMPORTÂNCIA DAS TAREFAS DIÁRIAS

Procurei-te por toda a parte,
nada de urgente,
queria só lembrar
que havia uns afazeres.
Essas noites fora, então por que não?
Mas talvez se dê o caso de presságio
nas pregas de um lençol lavado,
o lirismo que não esperavas
no cheiro do pão quente,
um pequeno-burguês, sim.
É o que vês.
Lido e resolvido, sim
sem correr atrás da melhor saída
para nos desarmar.

Entretanto carregas o canhão
Do revólver de tédio que nunca foi teu por ser teu
mas por seres aspirante à grandeza,
dessa que passaste ao lado quando a pesquisavas
entre os receios e recreios.

A ambição tornou-se tão precisa que quando a sonhavas
acordávamos na agonia de a ver dissipar-se.

Já agora, toma nota: ela vai ressurgir quando parares de correr
e tratares dos teus afazeres,
esses pequenos milagres do contentamento,
tão maltratados pela pretensão.

Traição

Numa leitura traída dos sinais
– que me imaginava destinados –
acordei de ânimo leve sob ruínas de uma manhã
num sábado incauto.
Demorei-me na cama, onde uma outra aspiração exalava
uma presença não maior do que uma brisa ligeira.

Teria havido um beijo recentemente, um latejo afirmado?
Talvez não, mas o ponto era outro: teria eu interpretado
essas palavras concretas e bem memorizadas como
um contrato de sangue, caprichos eternos, infinito torpor?

Teria ou não, mas como sabê-lo a esta altura, com uma respiração
oriunda de outro ponto do quarto, onde alguém parece vestir-se
ou despir-se?
E de que servirão eventuais respostas, caso as haja, alguém dirá?
Alguma coisa mudaria com a verdade, se fosse essa a verdade?

Alguém invocará a verdade, mesmo no dia do juízo final?

Um rumorejo, muito direito e fino, cruza o ar para atrair
a nossa curiosidade. Sei que temos direito a ela, mas ainda é cedo
para julgar a passividade desta madrugada, menos ainda a sua
implicação torpe. Sento-me no sofá sem estratégia definida,
o coração estupefato, o rebordo dos olhos cansados e a cabeça
que vagueia pelas horas recentes, como romeiro dormente.

Por que nos ouvimos como se o fizéssemos com os nossos vizinhos? Por que nos escutamos como se conseguíssemos escutar?

Pessoas de fé.

Fórceps

Original a forma da ferida, o seu desenho curvo e avermelhado, a sua insinuação ilesa, displicente, orgulhosa.

A poesia precisa do sangue.

Ironia

I'll keep it very simple:

– there is nothing you can say
Or words one could use to make

this
    moment
        last.

Primeiros dias velhos

Quando chegaram os primeiros dias velhos
nada se sabia sobre o seu estado primitivo
nem da sua comovente indiferença,

Apenas que fazia frio e calor como antes,
e o sono e os sonhos tomavam conta
do tempo que sobrava sem se alongarem
em muitas explicações.

Os minutos afinal menos contados,
mais pausados, em que o calendário é todo
abominação de condóminos numa roda boémia
de manifestos sem desperdício.

Seria esta a nova vida, a segunda metade prometida
pelas circunstâncias?

Ou gesticulação sem origem certa
que as palavras já descrevem pobremente, anuladas
pelo ímpeto anónimo das sombras que se espraiam
à passagem pelos mesmos lugares de eleição?

Talvez no final só restem perguntas.

Talvez só interessem as perguntas.

E escolher duas ou três delas para não desaprovar
a condição humana que nos trouxe a este cais velho
de olhares demorados sobre um mar sem idade.

Esta tarde, quando a luz ficar vermelha e espraiada.
Esta tarde.

Novo testamento

Certa vez, uma mulher que era cabelo em desalinho e olhos
escuros, imobilizou a praça
enfeitando-a de perfumes e bailados
e a multidão, apanhada de surpresa, se imaginou transportada
para um jardim de bromélias e amores erguidos onde não havia
portões nem raivas,

E o mundo ali se declarou terminado,
revertido à sua ingenuidade original,
como num conto austríaco: as portadas abertas para poente,
o vento subitamente
amolecido e terno, as ramadas acenando
num compasso indulgente,
os grilos no rumorejar quente, enterrado, as violetas
já cobrindo as encostas, uma música fundida no ar rarefeito.
O verão que nos tinham guardado enquanto crescíamos, afinal.

Mas antes de pendurar o óleo suntuoso na parede, alguém acenou
do fundo da rua direita
e, por um curto momento, um clarão atravessou na diagonal
o raio de visão, um ruído abafado ecoou algures
e a vida retomou a normalidade.

Basta uma pequena distração para matar um artista.

Diário de Bordo

Ainda sobre o tema da partida, talvez valesse a pena reconhecer
que a insistência nele omite o mais temerário tema da chegada
– esse sim, de onde não resta escapatória.
A partida é a cobardia dos poetas, o seu irreconciliável círculo
virtuoso, de onde se fazem promessas que se cumprem
por meio de novas promessas.

Do Diário de Bordo: "na campânula de vidro abobadado e fino
em que guardamos os bolos, também deve haver espaço para
as palavras, criaturas delicadas mas resistentes ao tempo".

E a chuva se arremessava contra o casco numa telegrafia
preguiçosa em que quase todos detectávamos mensagens
do passado. E, porém, para que falar do alto-mar, no meio
da tempestade? Ainda o ledo engano da criação animada pelo medo,
a inexorável origem do mundo.

De cada vez que regresso à casa, que em cada momento é um
sonho – mesmo quando sobram pedras – uma vida partida
recomeça em busca dos seus pedaços soltos. Cada viagem, cada
paragem, cada largada: não foste nada, nem sequer um voto
de boas festas,

até desembarcares.

Por entre trilhas sonoras ou sinuosas e entre os postais curtos que ajudam a comprar tempo, que nos servirá de desculpa quando já não sobrarem despedidas ou naufrágios?
A lembrança mais pungente de um pesadelo, que nos prove termos dormido.

E vivido.

Indulgência plenária

Foste feliz e não o esperavas e agora,
surpreendido pela notícia, serve-te um lamento
sobre o que ficou de fora,
Como se as contas batessem certo/
As horas se sucedessem intactas/
E o amor tivesse que resumir tudo.

Chegou o momento que ninguém adivinhara:
realizar o escrúpulo sabendo que o passado foi profanado.

De que adiantou chamar as coisas pelos seus nomes,
valentia de agora.
Foi a matéria que ficou que ficou matéria. E terra por cima,
coberta de hera.

Que uso daremos, no fim, aos nomes científicos, que nem bons
obituários fazem?

Não foi a redenção que sagrou a Primavera, mas uma alegria
ventilada que não chegou
a compor memória.

A nota de despedimento que ficou por enviar.

Canção do retorno

Uma melodia nova rondou os lábios e depois os pés,
num giro que já conhecia.
Chamou-a para dançar, quis saber se ainda se chamava
como se chamava.

Houve volteio e impureza, por instantes, trilhos demorados,
uma nuvem de poeira formou-se nas pernas de ambos
num assomo de autoridade inesperada que os transportou
pelo terreiro vazio, mas iluminado
às cores da festa de todos os santos
para a fantasia que lhe tinha reservado
quando ainda corriam juntos
por entre os juncais à beira-rio.

Se um dia deixarmos de ser adolescentes, lembrou
não merecemos estar vivos ou mortos
e ali ao fundo vingou um carvalho onde gravei os nossos nomes
e as nossas obrigações,

O fantasma de um gato pardo enrolou-se à volta
das nossas sombras.
Tudo se desmorona e a música toma finalmente conta
da aldeia vazia.

O paraíso é isto.

Por favor não incomodar

Chegou a hora, diz a circular, de pedir as contas e repousar.

O mais incrível dos sobressaltos não se verificou. A vista desta
varanda não pode mais ser interrompida. Nem para anunciar um
desastre. Os reflexos prateados nas ondas sustêm e embalam
a respiração, como um barco solto no sopro da popa.

Ninguém nos chamará para ir correr lá fora, sob as nuvens
de algodão.

Dormir tornou-se um desejo simples e os dias sucedem-se como
dantes, sem anomalias de tempestade ou fervor. Afinal o render
da guarda que não baixava. Olhar para Sul sem ímpetos
de conquista. Envelhecer é a mais pura verdade. Regressar ao que
as palavras realmente devem. Caber. Infinitivos de carácter sem
segundas intenções.

Baixar o volume dos altifalantes para distinguir as vozes que
a noite escondeu. Já lá estavam antes dos primeiros anos velhos.

Fazer votos para que o sol nasça de manhã e a ventania não
derrube as estacas, que o cão morra antigo de piedade natural,
que as nêsperas sobrevivam às gralhas, que o céu não desabe
e o estrado dure às crianças, que os amigos se apaguem indolores
como as tochas do relvado e as velas do bolo.

Mágica, a tua chegada ao pórtico, admito. A contemplação
é um direito que assiste aos mais cínicos de nós. Floresce no
mais humilde observador. Mas detém-se na fruição límpida
que deixamos para trás. E compara-se com
frequência desnecessária em momentos de dissensão.

Nada é mais absoluto que as cortinas a dançar. Nem os afagos
do calor de fim de tarde que as conspiraram. Ao final de cada
apontamento de luz, um mistério ronda o páreo da casa, para
reiterar que a beleza é uma glória que não precisa de companhia,
nem do sortilégio do conceito certo.

Alea jacta est

As cerejas acabam por cair sozinhas,
formando palavras impronunciáveis debaixo das copas.

E a bicicleta, encostada ao tronco e já sem dono,
acabará roubada numa aguarela amadora.

A paisagem não se move.

A paisagem não se move.

O volume é o truque

Emprestado dos Interpol

Este silêncio acobertado que nos acompanha
desde o último cruzamento,
promete revelar no fim da jornada alguns dos segredos com que
iniciámos a caminhada. Peregrinação ou não, as perguntas são
ensaiadas antes das suas maturidades vencerem.

Caminhando ao longo da vedação como se esta própria
caminhasse junto, as montanhas formaram uma companhia
de coral, descomunal, vencendo o seu próprio peso.

Esta noite vou procurar abrigo nas suas muralhas de granito,
comemorar no fio da navalha – que imaginei de branco-azulado –
de metal que corta como se o tirasse da fornalha.

Historicamente, o meu povo buscou consolo nas pistas cavadas
pelo luar, para se provar que brioso. Mas a vida desfilou sozinha
como se nada fosse, gerações perderam o Norte acostumadas
a valer-se das anteriores.

Já nem o deserto sem berberes alivia as enxaquecas. Nem a vodka.
Nem os cigarros sem filtro. Nem, talvez, o sorriso de uma certa
mulher deixada para trás.

Mas se não pararmos por muito tempo em cada lugar deste
caminho sem guia, sempre haverá horizonte. O horizonte é céu
habitado pelos olhos: a única coisa que sobrou de uma era.

Quanto é preciso de uma repetição para obter uma memória? Quanto tempo demora uma clareira a tornar-se estepe? Este trabalho de escrita da pedra, ninguém sabe quando estará concluído e a dúvida faz recuar a sua fiabilidade. Monções passarão, como dilúvios e terremotos. As estações atravessarão como se fossem o primeiro amor. Lama, lodo, barro, junco, lameiro, o léxico inteiro das águas destinadas ao delta de folguedos por onde o espírito deambula a sua primeira e indestrutível inocência.

Volume. Volume é o truque.

Pastel em fundo branco. Profundidade. Contraste.

O fim, a qualquer instante, na forma inconstante de um pressentimento.

Matéria de facto

Muitas vezes, gastávamos o nosso precioso tempo com o passado.
A composição das recordações, em especial, obrigava a exercícios
de comparação que tinham em presunção de domínio dos factos
o que lhes faltava em caridade.

Nesses duelos tépidos em que os olhos se cruzavam sem um
sinal de compaixão, a verdade, essa senhora grotesca e distante,
vislumbrava-se ténue nas linhas de um reposteiro como se de
fantasma de gente ida se tratasse.

Nada demais, até aqui.

De há uns anos a esta parte, dei por nós a rondar as mesmas
fantasias, aquelas sobre as quais se queria fundar um país, com
a estranheza opressiva que resulta de duas opiniões militantes
e argumentadas, com provas testemunhais inabaláveis,
sobre a mesma matéria de facto.

Agora que tudo parece menos definitivo – porque a idade
o quis assim, talvez – confiamos os instintos aos livros e à
filosofia, partilhando o álibi que nos trouxe até este lugar:
o gosto pelo vazio, a certeza da espuma,
a aventura de cada frase experimentada.

Demoramos, pueris, nos pormenores da sala, na última edição
da revista, na graciosidade dos filhos que cirandam, na sobremesa
do jantar, na conversa de quinta-feira,

a palpitação latente do nervo.

Areia

A areia,

que se intromete de veios, saliências, falésias, veias, pegadas,
sombras e vilosidades, de adornos e contornos, que se miniatura
de desertos, que separa o mar do pinhal e os meus passos dos teus

A areia,

que continua a camuflar as ondulações e as brisas, como se os
engolisse como faz com a água, nem sei,
rebate o tinido dos sinos pela maresia que aqui cobre tudo como
as vagas da nortada.

Até aqui, nada de novo.

Até aqui, apenas os falsos roteiros de viajante, as plantas rasteiras
dos areais de caruma de pinheiro e madressilva, as ovelhas
que desfilam nas encostas, os veraneantes de fora perdidos por
inclinação da estação e pela força da estiagem, as casas pintadas
de fresco dos armadores, os navios fundeados ao largo,
as flores silvestres que ninguém apanhará, um calor que parece
impregnado de frios.

Ah, sim, e a imagem vincada da tua saia quando por ali corrias
atrás do chapéu de palha,
e eu, zeloso de mim, distraído e pateta, não sabia que era feliz.

Ou algo assim.

Havana Vieja

Nas Caraíbas, quando o mar encastelava, em costa pintada de gente sem sombra, um horizonte de nuvens de papel se erguia diante da pequena ilha como um gigante branco e de fumo, jogavam as cartas no pátio inundado de calor e uma guitarra ocupava o emparedado das *calles* e *plazas*.

A certeza – apólice segura de todo o devaneio –
que tudo será esquecido um dia.

Jardim de inverno em São Petersburgo

No recinto fechado do jardim de inverno, ele que fuma, ela que
observa, a natureza importuna e fastidiosa interrompida num
relance.

Ele, que desistiu de ultrapassar os limites fantasmagóricos
do fumeiro, ela, que conquistou o direito de os imaginar, partilham
esta tarde um conto russo que nenhum dos dois leu, mas onde
foram personagens fulgurantes.

Ela pode ser Anna e ele Anton, ambos imaginando calados
que a história do mundo passou por eles, de forma incisiva
e peremptória, enquanto lá fora continua a chover.

Envelhecer, diz ele, aceitar. Amar, diz ela, reconhecer.
Entender os voos das aves e as cerejeiras é destino de ditosos.
Descobrir que o coração inerte deve
mais à aceitação que a confissão premiada.

De mãos dadas, sem dar as mãos, Anton e Anna pensam nos
filhos que não tiveram e nos conchavos da juventude sem gesto
de arrependimento, burilando sem falar o verdadeiro princípio
do universo, num jardim de inverno onde a idade não oferece
perdão.

E ao fundo, ainda, um disco retribui, em jeito de modesta
recompensa, a falsa e genuína transgressão, o despojamento
honesto das famílias de São Petersburgo.

Certa noite diante das trevas

Uma constelação em forma de diamante, assim se poderia descrever o céu crepuscular em que se instalou todo o nosso medo. A luz, refratada, descrevendo um candelabro de cristais perfeitos, sem mancha ou falha mineral, impondo a sua majestade no salão nobre vazio.

Este será o nosso momento sideral, alguém observou, sem que se ouvisse uma sílaba.

Guardado nos lençóis, o corpo adormecido estende-se por entre relevos e desassossegos que o revolvem em percentagens imperceptíveis, enquanto o calor exalado pode mesmo ser visto por vezes, a contraluz. Uma silhueta vagueia pelo quarto enquanto dormes, detendo-se na portada. Os teus pés soltam estalidos em cima das tábuas, como se um bosque dissesse finalmente onde começa e acaba. No emaranhado de escuros, prateados, cinzentos-escuros e azuis-metálicos urdido pelo atoarda de sono e lágrimas antigas que se fizeram parte da casa como a trepadeira, alguma coisa de eterno e sagrado busca um lugar para ficar.

Por enquanto, é isto, mas a noite vai correndo a galope por um trilho aberto.

Dias de cedro

Por enquanto sobressai a espessura leitosa das cigarrilhas,
a sua murmurada dissertação
sobre a origem das florestas, a invisível perdição das horas
dispensadas sem culpa formada,
o tempo paralelo em que a atmosfera gorda do tabaco
embrulhado em folhetins caribenhos
e cedro substitui sem cessar o hálito daquelas palavras, velhas,
elegantes, residentes – proferidas ao final do jantar, um pouco
acima da linha do Equador.

Trocamos desenhos no ar, como bolhas de água e sabão numa
admiração de crianças.

Um cisne na chuva

A imagem percorreu lentamente a estabilidade do rio, contra
a sua corrente de baixios,
como se aquela sombra desenhada à superfície, como uma
cartolina preta recortada e molhada, tivesse sido impressa.
E se, porém, chovia, a mesma extraordinária quietude
que o orvalho derrama, acentuava os seus vivos, rebordos,
contrastes, na raia das margens agora castanhas e argilosas.

Naquele dia, a escassos metros dali, no meio do silêncio universal,
um corpo sem vida fora largado no meio do lodo, numa saliência
do seu leito. A câmara, deixada perto da água, fixa sobre dois
hipnotizados cisnes negros, não serviu de prova, mas captou
o som baço de um peso largado, os passos tranquilos e um motor
distante de carro.

Ninguém por perto, a não ser a mão que alimentava os peixes,
e a paz do costume.

Que o olhar dos cisnes,
ninguém adivinha a sua direção ou origem.

Levantar ferro

E repentino, o frio chegou enfunado numa luva branca esticada
de proa a estibordo, os cabos ainda soltos, surpreendidos pelas
rajadas.

No convés, contávamos histórias, uma verdadeiras outras não,
sobre um passado
sem velhacarias nem cálculos impressionantes.

A comida nos reunia, numa fogueira noturna, pretexto
de viajantes sem rumo, sombras sem sol, agulhas sem bússola,
sal sem mar, fugitivos sem crime: um romance de empecilhos
simulados, gesticulando na sua própria irresolução.

E que mal isso teria? Alguém arriscou uma balada, buscando
pergaminhos onde habitam descrições de magazine, lembranças
de desembarque, cartas de amor e desagravo, aflições passageiras,
anedotário curto. A vida como ela é.

O tempo: o que resta. O desejo antes de ser.

E que bom termo-nos dado conta disso, justamente agora que os
lugares têm de ser preenchidos por nada mais, nada menos que

O absolutamente essencial.

Jogging

Esta corrida lenta a que afinal já não chamamos maratona
descreve ravinas e curvas, falsos e rápidos, que se situam
em fábulas, num plano repetido de cinema.

Queremos ativistas a escrever nas paredes,
especuladores movidos pela graça,
compartilhar o que não temos,
rezar pela conversão do outro lado do muro,
enquanto caminhamos sem direção.

Há em ti, detecto, uma ironia que não sendo exatamente fina,
dir-se-ia temperada pela satisfação e pelo fascínio dos pormenores.
Um sorriso atravessado pelo passado.
E reparo que, sem seres feliz, olhas para tudo como se isso não
fosse preciso.

Volta e meio, olhando para trás,
ou mais rigorosamente, para o lado,
Constato que a estrada acabou, na procissão de perdidos,
a condição do conquistador perdido na sua selva.

Vingança

Poesia de manhã é como o álcool pela manhã. E viver em função da poesia é algo de tão inexplicável e sinistro que talvez seja, em si mesmo, motivo de glória. A que os mártires praticam.

Por outro lado, se o mundo moderno ainda não aprendeu a lidar com o terrorismo, quantas vezes morreu por intermédio da ficção?

Poesia de manhã é como acender cigarros ao acordar. Protelar a vida em nome de um mundo interior, inflado e risível. Como se a dependência escolhesse personagens ou exaltasse um íntimo verbo criador.

Se assim é, por que se aplica a razão de Estado a contestar o direito de fumar em vez de combater a raiz – essa intrigante presunção de individualidade?

O vício é a escolha da poesia antes dela ser poesia. A mais gratificante e desidratada forma de complacência. Determinante, por isso, para a humanidade envelhecer
sem veleidades de vingança.

Noite e dia

Cada vez que um nó imperfeito se desata durante o dia,
um nó górdio se forma no escuro, numa filigrana inteira
e desenhada,
como uma gema.

Dia após dia, noite após noite, a tecelagem dos desejos é
substituída de forma invisível e reconfortante
pela composição dos agravos,
algumas vezes pesadelos,

outras, apenas sonhos.

Coroa de glória

No meio da sala onde borboleteavam conversas e risos e boatos, surpreendi inadvertidamente um segredo, gelado e polido, que resolvia uma charada. Dos três, apenas eu achara a senha. Foi no instante em que o meu silêncio se incriminou que o seu poder ficou consumado.

A glória sem a sua coroa.

Humphrey Bogart

Oh, bela ruiva, que escapas pelo corredor afora, emaranhada numa nuvem de aromas de anis e pêssego, alheia à altivez rebuscada duma gabardine que te virou as costas, um romance policial começou a ser escrito e em seguida cumprido. Ele chega à rua para fumar, ela para pedir lume, os táxis aproximam-se, segue-se um dueto rápido de sopros, aforismos, afetos substantivos, planos suspensos – e ambos se vão esbatendo na avenida negra de neons.

Tormentos de Fausto

Tudo o que precisávamos saber sobre como nos comportarmos durante uma vida inteira já constava da partitura. Um código de conduta inteiriço. E alguém, no meio do jantar, lembrou o tormento de Fausto contado por Berlioz. Na verdade, haverá alguma coisa a acrescentar à primeira ópera? Devemos preparar-nos para outro advento, além da noite que se acerca, engalanada de véus sem estrelas nem guirlandas?

Tudo se abateu esta tarde

> *Ainda que pudesses viver três mil anos e outras tantas vezes dez mil, ainda assim lembra-te de que ninguém perde outra vida além da que vive, nem vive outra além da que perde.*
> MARCO AURÉLIO, *Meditações*.

A alvorada chegou acompanhada de uma radiação que tudo abateu, como se um manto de névoas cobrisse a cena com seus velhos enigmas. Um rigoroso eclipse.

Sim, é certo que não há luzes sem sombras, mas tudo poderia ter ficado cego de uma só vez.

Impressões várias: uma cauda vistosa de cometa, uma estrela cadente, um meteoro fora de órbita. Seja como for, até os caracóis dourados e singulares no meio de uma multidão se apoucaram.

As ruínas de um planeta antes de serem ruínas são claridade, definição, volumetria, plena lucidez. E, à sua maneira fletida, inocência.

Agora contamos números, deciframos anagramas, adivinhamos o apocalipse, regressamos ao paraíso interior. Tudo porque o cinzento cessou, os matizes desapareceram, uma remota e insondável profundidade vingou.

Sim, receio bem, a luz voltou para se vingar.

É que queríamos de volta a dor, aquela que os prismas vertem,
olhar com precisão cirúrgica as variantes de breu frequentado,
a franqueza fúlgida do seu sarcasmo, a melancolia adoçada
de um lusco-fusco ou até a venalidade das madrugadas.

Mas uma diagonal de reflexos foi varando a audiência em redor,
à procura de uma lenda para desfazer. E foi então que, no meio
da explosão, se começaram a vislumbrar as primeiras silhuetas,
as formas mais simples, primeiro metálicas-brancas, depois beije,
mais tarde amarelas, ferrugem, âmbar, castanho-mel, e por fim
vermelhas.

Contornos de objetos passados que de sinuosos passaram
a simples e de simples se transfiguraram em abstrações – e uma
guarda solene de silêncio se formou.

Seria esta a famosa terra prometida, em plena vida?

É isto mesmo?

Os deambulantes

Que sítio de eventos contrários nos condenou a esta paragem forçada?

Longe da cidade e dos passeios de gente determinada, exilados caminham parecidos junto às radiais e ao arame do aeroporto como se fossem cativos, caminhantes erráticos ou carteiros encurralados nas suas mesmas ruas.

Talvez se pudesse citar manuscrito com vaticínios de mudança, enquanto as pessoas desertam e ocupam baldios.

Mais: um céu azul demasiado brusco – um luzeiro fulminante – uma menina rodeada de sombras – um arrozal abandonado nos limites da cidade – papéis vazios largados por um avião que não se avistou nem se escutava – ensaios de pantomina em modo repetição.

Uma distopia de fabulações em vez de uma profecia sarada.

Refugiamo-nos por ora aqui, na elevação, para que se vejam as movimentações dos homens e a sua aparente curiosidade, longe dos olhares de Deus, que como nós, assiste às revoluções circulares de cada dia.

De uma forma ou de outra, amanhã, por esta hora, tudo estará terminado.

Coração sossegado

A viagem foi iniciada num impulso de cafeína, quando o rosto dela se sumia no vaivém do café. Crê-se que, num milésimo de segundo, imaginei mais tarde, tudo se convolou em chama, em substância inflamável, em encantamento de uma sinapse.

No meio de nada, subitamente, se abriu um fosso.

Podia ser poesia, se poesia fosse mais do que um expresso desajeitado.

O tempo parou ainda antes de começar. Estava gelado, mas ninguém ligava. O movimento foi de dentro para fora e, embora fosse dia e cinzento, pareciam vaga-lumes os cabelos arruivados que fugiram para trás de uma porta. Os ponteiros não chegaram a parar e tu poderás bem ter sido um teatro chinês.

Pergunto:

Foste?
Uma sombra?

Quando regressares, haverá de novo pássaros brancos na praça, sumindo-se na paisagem, cercos montados pelas estátuas, passeios caprichosos do olhar.

A mesma organização domingueira que nasceu antes da burguesia interminável que habita um coração repousado.

Mil pés

Que fino o recorte dos seus pés, delgados, alvos,
armados de ossos subtis.

Que pena serem forasteiros, de passagem por esta viela,
sem bilhete de identidade e daqui a pouco sem paradeiro.

Que luxúria ocorre na sua consumação,
no ritmo sem consciência da calçada?

Que veneno instila o seu encalço distraído, a sua assombração
quando virarem na esquina?

Que ordem os poderia imobilizar agora, diante de todos? Que os
pés não são detalhes fáceis nem flores que se cheirem. Nem mãos
que se toquem ou pescoço que se beije. Ou umbigo que se meça
com os dedos.

São ícones sem autor.

São os livros que desapareceram da estante.

Interrogatório

A boca continua fechada, cerrada, sem dentes. O nariz suspenso como se o cobrisse uma mão para abafar o som da respiração. As órbitas abertas, admiradas, vidradas. O sangue pulsou, admoestando o estômago. Um enjoo chegou e partiu. O cabelo parece agora ensopado, pelo menos nas têmporas. As mãos foram rendidas atrás, os pés atados, contíguos e firmes como um braço de mato laçado. A luz que chega da sala é branda, cinzenta-metalizada, vertical e fria. Dois homens de preto oferecem o silêncio em troca de uma confissão. A presença de outra pessoa, atrás deles, é verosímil. Ei-lo no seu interrogatório. Na sua iniciação de homem. A atração e conquista da tragédia escolhida.

E AGORA?

– E agora? – disse ele
– E agora? – disse ela
– O que nos resta? – insistiu ele.
– É importante? – indagou ela.
– Mais do que ignorar – respondeu ele.
– Agora é seguir em frente.
– E para onde é isso?
– Sei que não é por aqui.
– Parece tão pouco.
– Como sabes que é pouco, se continuamos aqui?
– Talvez já não estejamos aqui.
– Isso pouco adianta, sem saber para onde vamos.
– Como não? Vamos em frente.
– Em frente, parece tão vago.
– Vago é não sair do mesmo lugar.
– O lugar não é onde nos encontramos?
– Podemos encontrar-nos sempre noutro lugar.
– Mas para isso temos de sair de onde estamos.
– Sim, de seguir em frente.
– Parece tudo tão difícil.
– Seguir em frente é fácil. Difícil é sair daqui.
– É melhor sairmos juntos, então.
– É melhor.

A LUZ VAI-SE APAGAR

Uma tirada no retiro mais recôndito da casa repercutiu inteira. Falava sobre o esquecimento e trouxe Owen – o nome da pessoa em questão – até aqui. Melhor seria dizer: manteve-o por perto.

Sei que nada disto – afinal, um soro de boas intenções – pode mudar o que ambos sabíamos acabaria por acontecer: a luz vai--se apagar e um de nós correrá na direção da porta. A respiração tornar-se-á pesada. Um suspiro mais sincopado com a aparência de perdão. E depois um golpe seco, achatado, quase um trovão. Imagino que Owen, tal como eu, saiba de que falo. Entretanto, os aguaceiros tornaram-se estranhos e admiráveis. Eis-nos dentro de túnel de vidro raiado, banhado por colunas intermitentes de sol.

Acabaram-se as desculpas, velho amigo, ambos o sabemos. Agora é fazer contas de somar, exaltar boas memórias e discutir safras. Desfrutar o barulho de nada, como nas marés: este o plano estratégico aprovado. Owen já não aspira ao sortilégio heroico, suspeito, fatídico – mas falaremos disto mais tarde, quando a precipitação aplacar.

A LUZ QUE APAGOU

*Com o mesmo sentido daquela ironia
suave do Morrissey*

ou talvez fosse outra a frase que reincidia nas paredes do cérebro,

Com as qualidades de um visitante indesejado, a luz tinha-se
de facto apagado, mas todos se conseguiam ver uns aos outros,
espantados e imóveis, na sala de estar, onde antes se contavam
histórias anómalas de vidas bisavós, onde antes se perfazia
a genealogia secreta das alcunhas.

E no seio escuro, misericórdia profunda, que sobra?

Uma dormência triunfal, um miradouro de pomares, uma casa
em granito, redonda como uma alegria torpe, a mesma massa
e fermento das histórias, as verdadeiras e as sentidas. E, sim,
o aroma agridoce da poeira de agosto.

E depois do toque de recolher, o que fica à volta da mesa?
Detritos, aragens, zumbidos, alvoroço, hortas ao luar com versos
cantados à capela, junto a tablados, sobrados, bailes a golpes de
rins, beijos magoados, rimas constrangidas, o embaraço aceitável
da juventude. E pudim de castanhas.

Acho que é isto.

Camilo forçou a porta

dedicado ao JC

Camilo forçou a porta de tanto a pontapear. Antes disso acontecer, tudo lhe parecia possível, ao alcance da mão – a direita – e de um olhar implacável, e incansável, sobre a verdade no amor. Escreveu sobre o assunto a vida inteira, mesmo quando parecia falar de outros e sobre isso foi coerente. Talvez a única coerência possível numa vida constituída por interpretações sucessivas de um mesmo objeto.

De tanto maltratar a porta, esta acabou por ceder, escancarando as imensas salas que possivelmente nunca desejou visitar, mas apenas entrever. Pela fechadura ou por um ruído atentamente escutado ou pela expressão de quem entrava ou de quem saía ou até pelo cheiro foragido pelas frestas das janelas, quando as cortinas eram suavemente baloiçadas por um sopro que parecia mais de gente que de atmosfera.

E agora, o que faria? Fora surpreendido quando tentava descobrir o lugar reservado, intacto, ele achava, a coberto de uma entrada vedada à curiosidade alheia. A própria porta era, hoje, o principal estímulo das suas vigorosas investigações.

Toda a vida fora inquisitivo e insatisfeito, era isso que o fazia pulsar. Vivia para pesquisar as razões escondidas da vida, as suas pulsões secretas, os seus estímulos nervosos. As suas contas eram

a sua poesia e esta era clara, concreta, líquida, como água. Mas
tudo continuava a não ser mais do que um jogo sentimental de
palavras cruzadas, mais elaborado. Depois de tanto escutar o que
se passava do outro lado da porta, Camilo deixara de se interessar
por quem vivia realmente lá dentro. Detalhes, agora, talvez. Mas
no início da sua vida de adulto até este preciso momento, tudo
rodara em torno disso mesmo. De que pessoa falamos e de que
fala, em boa verdade, esta pessoa. Daí até saber de que falava ele
próprio quando falava dessa pessoa, foi uma pequena transição,
perfeitamente oculta.

Mas o que faria então, diante agora de uma antessala exposta que
o instigava a entrar, sem pedir favores em troca? Como lidaria
com a vida e as pessoas lá dentro, as que encontrasse e as que não
chegaria a ver? Estaria disposto a pôr os seus palpites em jogo?
A apostar uma reputação considerável de suposições? Saberia
encarar a desilusão? A frustração? Quem sabe, a perda?

Camilo certamente hesitava nessa hora. Era jovem ainda,
considerando tudo. Prezava o tempo que dedicava às suas
observações diárias, mais do que qualquer outra ocupação.
A bem dizer, os seus olhos e a sua máquina fotográfica eram o seu
métier, por que os substituir pela notícia? Se alguma coisa, o que
uma vida inteira dedicada às letras provara era que o ensaio era
lugar mais conveniente que a ficção ou a realidade. E, depois, que
faria ele com o tempo que lhe restava, ele que sempre se deixara
arrebatar sem conta, peso ou medida nos intervalos em que abrira
as suas próprias portas à indiscrição dos outros?

Seria, como sempre, conservador, no limiar da sua habilidade transgressora. Sim, provavelmente seria assim. Iria passar mais vezes por ali e ver a porta aberta e sempre hesitaria entrar.

Mas já nada seria como dantes, disso ele estava certo.

Sursum corda

Nem sei que te diga

– recuou ele, sentindo de repente o peso das suas indecisões.

Claramente, fora obrigado a repensar o seu papel na trama banal, mas imperiosa em cena. Flores tinham sido compradas, bilhetes escritos, promessas trocadas. Mas os sentimentos continuavam confusos e isso era desleal. Ela chegara com tudo. Havia uma confiança absoluta que emanava da sua figura graciosa que parecia dispensar as palavras e tornava o silêncio entre eles ruidoso e impossível. A desafetação dela era total, implacável e sem remorsos. Era como uma bomba relógio atada na sua cintura. Nunca como naquele momento sentira tanto medo dela – ou seria do que sentia?

Convocou forças onde as não havia, passou a língua pelos lábios, para ganhar coragem, abriu e fechou os olhos, como se quisesse acordar de um pesadelo – e lembrou-se da última vez que rezara. Pediu-lhe para ficar, quase sem querer.

Havia música que tocava. E um sussurro que parecia acompanhá-la. Agora era como se ela não estivesse realmente ali. Tudo ficara translúcido de olhos fechados. Enfim teria tempo para pensar. Deixaria que aquele som, que crescia à volta, enchesse o compartimento de brados e serenatas, entoados em ecos cruzados ao alto, lá onde os corações devem suster-se, altivos, resplandecentes ao invés de furtivos, graciosos, sem resquício de santimónia, como as boas maneiras aconselham. E alguém então observaria que as afeições são contratos por quebrar – e que um salmo qualquer o disse melhor. Nenhum desamparo é tão belo quanto o de uma igreja abandonada.

A beleza insensível e mortificadora da doçura.

Cálcio

Os dedos mexem. O tornozelo retesa, acusa servidões nervosas.
Um músculo entrincheirado estala do mesmo modo que uma
barra de chocolate se parte.

Acontecimentos de carne e osso sossegam sob a pele espessa:

sob a trovoada de passagem de um cruzador – enquanto
o cimento torneia na barriga de um camião – na mesma altura em
que um cão ladra – no instante em que uma sirene apenas deixou
de soar.

Mas os dedos compridos agitam-se, acordados de um coma.
Erguem-se um a um como soldados em parada. Estão todos vivos,
depois de contados, trémulos mas vivos, com o ânimo próprio
(biológico, vital, animal) de um alferes que sobreviveu
a uma mina.

Os pés despertam, por fim. Giram na meia-lua da sua extensão
permitida. São agora ponteiros de vontade. Cada estalido reafirma
o estalo de gesso quebrado, a vela caçada, a pinha tombada, o
espelho partido, o estampido da arma. A fenda no ovo.

Mas o corpo – o morro restante – permanece imobilizado,
deslumbrado pela sua inércia.

As pedras são para ficar no chão

e não para lançar de um promontório de tédio descrevendo ondas de choque na superfície da enseada;

ou então são para ficar guardadas na mão, num conchavo afagado de desenhos e asperezas à espera de uma libertação, dum parto, dum fulgor, um brilho qualquer.

As pedras são para armar rastros imaginados, azinhagas que poderiam ter sido mais do que a vida de quem as lancetou, mesmo que para isso fosse preciso falar de um ser humano que não aconteceu de verdade.

As pedras são prova, matéria elementar, indício criminal ou atenuantes de crimes não declarados. São segredos confessos quando já não sobrou culpados. São túmulos de túmulos. Rosários de contas malfeitas. Poeira de Deus e dos homens no jardim do bem e do mal.

As pedras são para ficar no lugar onde foram encontradas. Vieram do chão que, pisado, sente a sua falta. Pedras foram admitidas por direito natural numa coutada esquecida.

Por que desejarias tu, ou eu, mexer com elas, abalar a sua sorte, a sua astrologia de formas?

Por que perderíamos tempo com o tempo que já foi perdido?

E por que colossal razão voltaríamos ao lugar do crime?

Sobre o autor

Paulo Lopes Lourenço nasceu em Angola, em 1972, e licenciou-se em direito pela Universidade Católica Portuguesa, onde fez mestrado em Ciências Jurídico-Comunitárias. Diplomata português de carreira desde 1995, serviu, designadamente, em Londres, Belgrado, Sarajevo e Luanda até ser nomeado, em 2012, Cônsul Geral de Portugal em São Paulo – cargo que exerceu até 2018. Autor de livros teóricos, lançou as coletâneas de poesia *Os Sonhos Imperfeitos* e *Elogio do Amor Negado*, ambas publicadas em Portugal, além de ter participado de antologias poéticas em seu país. É casado e tem dois filhos, Francisco e Soledade.

Agradecimentos

ao *Fernando Lemos,* pela generosidade e graça com que acolheu esta ideia e a ilustrou;

ao *Plinio Martins*, um verdadeiro artífice de livros;

ao *Manuel da Costa Pinto*, que gentilmente me encorajou a publicá-lo;

a *São Paulo* e aos *brasileiros*, que me acolheram como seu;

e à *Mafalda*, por tudo o resto.

TÍTULO: *Cinematografia*
AUTOR: Paulo Lopes Lourenço
EDITOR: Plinio Martins Filho
ILUSTRAÇÕES: Fernando Lemos
PRODUÇÃO EDITORIAL: Aline Sato
PROJETO GRÁFICO: Negrito Produção Editorial
CAPA: Aline Sato
EDITORAÇÃO ELETRÔNICA: Negrito Produção Editorial e Ateliê Editorial
REVISÃO: Ateliê Editorial
FORMATO: 15,5 × 22,5 cm
TIPOLOGIA: Minion Pro
PAPEL DA CAPA: Cartão Supremo 250 g/m² (capa)
PAPEL DO MIOLO: Pólen Bold 90 g/m² (miolo)
NÚMERO DE PÁGINAS: 128
IMPRESSÃO E ACABAMENTO: Rettec